LES HOMMES ILLUSTRES,

PAR

PAULIN TEULIÈRES,

Auteur de plusieurs ouvrages qui ont obtenu le suffrage de l'Université.

Bureau provisoire :

PARIS,

47, RUE DE LUXEMBOURG, QUARTIER DE LA MADELEINE.

1850.

TYPOGRAPHIE DE VEUVE LAMAIGNÈRE NÉE TEULIÈRES, A BAYONNE,
RUE PONT-MAYOU, 43.

PRÉFACE.

Il est des âmes choisies, des intelligences privilégiées, que Dieu place, de loin en loin, dans l'espace et dans le temps, pour consoler l'Humanité, pour l'instruire, pour l'ennoblir.

Respect à ces natures d'élite, à ces grandes personnifications des plus nobles facultés de l'homme. Que nos hommages s'inclinent à la fois devant le génie de la science, le génie de l'art, le génie de la gloire, le génie de la charité.

La chaleur qui circule ici, sous nos lignes, nous vient du cœur ; c'est donc avec une joie toute filiale que nous donnerons à la France la place immense qu'elle s'est faite elle-même par ses illustrations de tout genre. Mais notre admiration ne s'arrêtera ni à nos frontières, ni à notre temps. Elle s'étendra chez tous les peuples, comme elle remontera tous les siècles ; car tout homme d'un éminent mérite a pour patrie la Terre, et pour famille, l'Humanité.

En effet, dans ce magnifique ensemble des célébrités humaines, chaque peuple a mis sa part ; et tous peuvent y prendre le même niveau, quand ils savent se défendre et de l'amollissement, cette mort de l'âme qui menace les nations civilisées, et de l'ignorance, cette mort de l'esprit qui pèse sur les tribus sauvages.

Et si l'on considère un peuple quelconque d'une manière absolue, les hautes individualités n'y sont pas plus au sommet qu'à la base, pas plus dans une profession que dans une autre. On les trouve dans la retraite comme dans les palais, dans la ferme comme dans les camps, dans l'administration comme dans l'atelier.

Nos pages seront donc ouvertes également à toutes les supériorités, sans distinction d'époque ou de pays. de naissance ou de rang.

Si nous pouvions avoir quelque préférence, ce serait peut-être pour tant d'hommes modestes ou pauvres, qui ont été méconnus ou délaissés. Mais, si c'est un devoir pour nous de les dégager de l'obscurité volontaire ou forcée qui les dérobe à notre reconnaissance, ne les plaignons point, cependant, outre mesure, car les hommages des contemporains et de la postérité ne sont, pour l'âme élevée, qu'une seconde récompense. La première lui vient de Dieu même, et celle-là ne lui manque jamais.

Gardons-nous aussi d'accuser trop vite la société, car elle ignore plus qu'elle n'oublie. Elle est même si naturellement disposée à proclamer le vrai mérite, qu'elle a glorifié parfois des personnages dont les titres pourraient être discutés.

Un mot encore, pour terminer. Certes, nous n'emprunterons pas à l'épopée ses formes solennelles. Nous ne songeons même point à faire ici des éloges académiques, car nous parlons à de jeunes Elèves. Notre style sera simple, les faits n'en auront, pour eux, qu'un langage plus instructif et plus net. Nous serons heureux de leur avoir développé, dans notre livre, cette galerie des Hommes Illustres; car la mémoire de l'Élève doit y trouver le plus convenable ornement, son intelligence, un enseignement utile, et son âme, une secrète incitation vers le bien.

LES HOMMES ILLUSTRES.

LINNÉ ET BUFFON.

L'année 1707 vit naître deux naturalistes éminents, l'un en Suède, l'autre en France : Linné et Buffon.

LINNÉ.

Linné naquit le 24 mai 1707.

Comme tant d'autres grands hommes, Linné reçut d'abord les dures leçons de l'adversité. Sa vie nous offre même un exemple mémorable de ce que peuvent, réunis, le courage et la volonté. A peine âgé de dix ans, il était déjà tellement entraîné par la passion des plantes, qu'il négligeait ses études latines pour courir dans les champs ; et son père, pasteur austère d'un simple village, prit une idée si fausse de ses dispositions naturelles, qu'il le mit en apprentissage chez un cordonnier. Heureusement pour Linné, heureusement pour la science, le mérite du jeune botaniste fut compris ou deviné. Linné put revenir aux études de son choix, et l'Université d'Upsal le compta bientôt parmi ses élèves.

Toutefois, il dut y vivre encore quelque temps entouré de privations, s'il est vrai qu'il ait été réduit à raccommoder, pour son usage, les vieilles chaussures délaissées par ses camarades. Cinq ans après, on lui confia la direction du jardin botanique, et puis la société royale des sciences d'Upsal le chargea d'aller en Laponie, pour recueillir et pour décrire les plantes de cette singulière contrée. A son retour de ce pénible voyage, il voulut donner des leçons publiques ; mais la jalousie inquiète d'un professeur lui suscita des tracasseries qui le décidèrent à se retirer à Fahlun, célèbre surtout par ses mines de cuivre. Il chercha par quelque pratique de la médecine et par des leçons de minéralogie, à subsister chétivement dans cette ville, et peut-être ne serait-il pas sorti de cette position critique et obscure, si une jeune personne, Mlle More, qui pressentait mieux que lui tout ce qu'il pouvait être, n'eût exigé, pour devenir son épouse, qu'il consacrât encore à l'étude trois années. Linné passa tout ce temps en Hollande, chez un riche propriétaire nommé George Clifort, qui lui-même était passionné pour l'Histoire Naturelle, et qui possédait un jardin, un cabinet et une bibliothèque magnifiques. Cet excellent homme l'accueillit avec d'autant plus de cordialité que Linné lui avait été présenté par l'illustre médecin Boërhaave. Vous devez comprendre combien fut grande la satisfaction de Linné, qui jouissait ainsi, avec calme et abondance, de tout ce qui pouvait étendre ses connaissances et mettre à l'aise le développement de ses idées. Aussi n'a-t-il manqué jamais l'occasion de proclamer bien haut sa reconnaissance, et l'on peut dire qu'il a véritablement immortalisé son bienfaiteur par les ouvrages qu'il a publiés chez lui. C'est encore chez Cliffort que Linné donna de l'ensemble à ses vues et en fit les premières applications générales. Déjà l'Histoire Naturelle avait été traitée, sans doute, dans des ouvrages nombreux et savants; mais ce n'étaient guère que des œuvres éparses, incomplètes, ou confuses. On n'avait point distingué nettement les espèces, on n'avait même pas essayé d'en faire le catalogue complet; les descriptions n'en étaient point rédigées sur un plan uniforme, ni exprimées en termes d'une signification précise. Les méthodes suivies pour les distribuer avec ordre n'étaient pas rigoureuses; enfin, les noms assignés aux espèces variaient presque au gré de chaque auteur, et l'on était souvent réduit à se servir de phrases descriptives qu'aucune mémoire ne pouvait retenir.

Linné fut frappé de tous ces inconvénients, qui retardaient les progrès de la science, et jugea qu'il était nécessaire d'y porter bien vite un remède. C'est alors qu'il établit cette admirable classification qui lui a mérité dans la zoologie, mieux peut-être qu'en botanique, le titre de législateur. Sa nomenclature est commode, en effet; son langage technique est remarquable de précision et d'énergie; des idées pittoresques étincellent partout sous sa plume qui se crée souvent des mots merveilleusement expressifs.

Parfois, cependant, son style trop chargé d'allusions et de métaphores, devient obscur en voulant être trop concis. Enfin ses grandes divisions surtout ont été si heureusement calculées, que la plupart demeurent, dans la science, comme un témoignage éclatant de sa perspicacité. Mais il eut dans Buffon un antagoniste doué de trop riches facultés, dont les ouvrages étaient trop étendus et trop parfaits, pour que les siens ne tombassent pas d'abord au second rang. Toutefois, le mérite prodigieux de ses travaux zoologiques s'est fait jour peu à peu, et quelque brillante qu'ait été la destinée du naturaliste français, nous devons dire, pour être juste, que Linné est désormais en zoologie le prince de tous les naturalistes.

La gloire ne lui manqua pas non plus, de son vivant. Toutes les académies de l'Europe s'honorèrent de l'avoir pour associé; les rois eux-mêmes lui donnèrent des marques insignes de considération ; il fut anobli par son souverain et décoré de l'Ordre de l'étoile polaire. Mais l'illustre Cuvier, à qui nous devons tous ces détails biographiques, fait remarquer avec amertume que les lettres de noblesse ne lui furent pas accordées pour avoir en quelque sorte fondé la botanique, mais pour avoir découvert un moyen de faire grossir les perles que produisent certaines moules de Suède. Quoi qu'il en soit, Linné fut demandé par le roi d'Espagne et par le roi d'Angleterre ; Louis XV ne dédaignait pas de lui envoyer des graines recueillies de sa royale main. Mais, dans la simplicité de sa vie, Linné devait être peu accessible aux honneurs du grand monde. Sa chaire de botanique dans l'université d'Upsal suffisait à son bien-être et à son ambition ; et, quoiqu'il aimât à être loué, quelque plante singulière ou quelque animal étrange pouvait seul lui faire éprouver de vraies jouissances. Vivant avec ses élèves qu'il considérait comme ses enfants, prompt à s'émouvoir comme à s'amuser, il ne fut guère troublé par les attaques de ses ennemis qui le traitèrent souvent avec rigueur, et bien qu'il en ait eu de fort célèbres, parmi lesquels nous avons la douleur de trouver Buffon lui-même, il ne prit jamais la peine de leur répondre, suivant ainsi le conseil que, bien jeune encore, il avait reçu du sage Boërhaave. Seulement, profitant de l'homonymie que présentent en latin *Buffon* et *crapaud* (Bufo), il se vengea de son puissant rival en lui dédiant, sous le nom de *Bufonia*, une plante infime sous laquelle s'abrite le crapaud. Au contraire, la plus étroite amitié l'unit toujours à notre célèbre Bernard de Jussieu, qui fut cependant son heureux émule en botanique.

Une anecdote curieuse raconte ainsi leur première entrevue. Mal accueilli en Angleterre, malgré le patronage puissant de Boërhaave et celui de sa propre renommée, Linné vint à Paris sans recommandations. Bientôt il se trouve, encore ignoré, dans une de ces herborisations où Jussieu recueillait les plantes des champs et les désignait à ses élèves. Ceux-ci, qui souvent essayaient de mettre à l'épreuve son admirable sagacité, en mutilant les plantes ou bien en les défigurant par l'addition de parties prises à d'autres genres, lui en présentent une composée de pièces rapportées. Le savant et modeste professeur hésitait à prononcer, lorsqu'un inconnu proclame et prouve la fraude maligne des élèves. « *Linné seul ou moi pouvions la découvrir* », s'écrie naïvement Jussieu. En effet, c'était Linné. Jussieu l'embrasse avec transport, et le souvenir de leur vive affection reste consacré dans la science par la dédicace de tout un genre de plantes, qui porte le nom du botaniste français.

Du reste, Linné avait le caractère gai, facile et bienveillant, ses mœurs étaient vertueuses et sa vie retirée. Fort attaché aux principes religieux qu'il tenait de son père, il ne parlait de la divinité qu'avec respect, et saisissait avec un plaisir marqué les occasions nombreuses, que lui offrait l'Histoire Naturelle, de faire connaître toute la sagesse du Créateur.

Linné mourut le 10 janvier 1778.

Ses dépouilles mortelles furent recueillies dans la cathédrale d'Upsal, et Gustave III composa lui-même son oraison funèbre.

BUFFON.

Buffon naquit à Montbard le 7 septembre 1707.

La Providence, qui se cache souvent dans ce que nous appelons le hasard, l'enchaîna bien jeune encore et d'une manière imprévue à l'étude de l'Histoire Naturelle. Animé déjà du désir d'apprendre, passionné tout à la fois pour la méditation et pour la gloire, Buffon n'en avait pas moins les goûts de son âge ; mais il sut, par l'étude, en maîtriser les excès. Fils d'un conseiller au parlement de Bourgogne, il fit accidentellement la connaissance du jeune Lord Krisgston et de son docte gouverneur. Leur société réunissait pour lui tous les charmes de l'instruction et du plaisir. Il vécut avec eux à Paris et à Saumur ; il les suivit en Angleterre et en Italie.

Mais ni les chefs-d'œuvre de l'antiquité, ni ceux de l'art moderne qui, en les imitant, les ont parfois surpassés, ni les souvenirs du Peuple-Roi sans cesse rappelés par des monuments dignes de son histoire, ne frappèrent Buffon. Son admiration était ailleurs. Il ne vit que la nature à la fois riante, splendide et terrible, offrant de gracieuses retraites entre des torrents de lave et sur les débris mal éteints des volcans, prodiguant ses richesses à des campagnes qu'elle menace d'engloutir sous des pluies de cendres, sous des fleuves incandescents et montrant, à chaque pas, les vestiges et la preuve des divers cataclysmes du Globe. Pour Buffon, la perfection des ouvrages des hommes, tout ce que leur faiblesse a pu leur donner de grandeur, tout ce que le temps lui-même leur imprime d'intérêt ou de majesté, disparaissait et devait s'effacer, en effet, devant l'œuvre sublime du Créateur, qui, de sa main puissante, régit tous les mondes et qui, sous son regard éternel, voit passer comme une ombre toutes les générations humaines. Dès lors, Buffon s'apprit à voir la Nature avec transport comme avec réflexion, il sut l'observer à la fois et la contempler, et résolut de lui consacrer exclusivement l'universalité de ses connaissances et tous les moments de sa vie. Sa constitution le rendait capable d'un travail ingrat et soutenu. Sa nomination à la place d'Intendant du Jardin des Plantes vint donner une direction fixe à ses idées et lui ouvrir la carrière où il s'est immortalisé. Jusqu'à lui, l'histoire de la Nature n'avait été écrite avec étendue que par des compilateurs sans talent; les autres ouvrages généraux n'offraient que de sèches nomenclatures. Linné n'avait pas encore produit son œuvre et semblait ne s'occuper plus spécialement que de botanique; il existait des observations excellentes et variées, mais isolées ou bien restreintes à des objets particuliers. Buffon, alors hostile à toute espèce de classification, résolut cependant de faire de toutes ces connaissances acquises un vaste et magnifique ensemble. N'ayant ni la patience ni les organes physiques convenables pour observer au microscope et pour décrire les détails, il confia complètement à l'habile Daubenton, alors son ami, le rôle modeste et accessoire de descripteur des formes extérieures et de l'anatomie. Il se réserva les morceaux d'éclat, toutes les théories générales, et surtout il voulut être le peintre des mœurs des animaux. Mais il n'a traité véritablement que l'histoire des mammifères, car celle des oiseaux est due en grande partie à son collaborateur Guéneau de Montbéliard.

Un des mérites les plus réels de Buffon, un de ses titres les plus sûrs au souvenir de la postérité, c'est qu'il pressentit, le premier, que l'Histoire Naturelle ne devait pas être purement contemplative, mais qu'elle doit aussi revêtir un caractère d'utilité pratique. L'acclimatation des espèces le préoccupa profondément; et, s'il n'a pas traité cette importante question dans un chapitre spécial, il l'a partout éclairée d'une vive lumière par les éclairs de génie disséminés dans chacune de ses pages. Honneur donc à Buffon, véritable fondateur de cette école française qui veut que, sous sa main, la science s'élève aux spéculations les plus transcendantes, mais qu'en même temps elle s'étende aux applications les plus utiles.

Les sciences perdirent Buffon le 16 avril 1788. Lorsque de tels hommes disparaissent, il se fait un solennel silence. Et c'est alors que commence et se prépare avec lenteur le jugement de la postérité, qui, précisément parce qu'elle est placée à distance, se dégage et des éclats exagérés de l'enthousiasme et des aigres clameurs de l'envie.

Il n'y a qu'une opinion sur Buffon considéré comme écrivain, car personne peut-être ne l'a égalé pour l'élévation du point de vue, pour la marche forte et savante des idées, pour la pompe et la majesté des images, pour la noble gravité des expressions, pour la délicieuse harmonie des périodes.

On lui reproche parfois un certain défaut de flexibilité, et cependant il a souvent réussi à rendre les plus petits détails avec une grâce enchanteresse. Les réflexions morales par lesquelles il cherche à varier la monotonie d'un sujet quelquefois aride, montrent presque partout l'exquise sensibilité de son âme. Enfin, ses tableaux des grandes scènes de la nature sont d'une vérité parfaite et empreints chacun d'un caractère propre et ineffaçable ; aussi la réputation de son livre fut-elle prompte et universelle. Les hommes éminents de tous les pays rendirent à l'auteur des hommages unanimes. Linné seul, peut-être, fit exception. Mais les allusions amères du naturaliste suédois étaient encore, pour le naturaliste français, un nouvel hommage et le seul qu'il pût attendre d'un rival trop épris lui-même de la louange pour consentir à la partager. D'ailleurs, vous le savez, cette inimitié fut réciproque, circonstance bien déplorable assurément; car la science, qui eût tant profité du concours précieux de ces deux hommes de génie, se trouve au contraire obstruée d'une foule de mots superflus, introduits à l'envi par les illustres chefs de deux écoles ennemies.

Pour être vrai, nous devons dire que Linné l'emporte comme classificateur, et Buffon comme écrivain; que l'un a fondé la science, et que l'autre l'a popularisée ; qu'ils sont enfin le complément indispensable l'un de l'autre : Linné s'étant surtout distingué par la méthode et par les détails, et Buffon par les grandes vues d'ensemble et par le coloris.

Mais pour être juste aussi, nous devons ajouter que Buffon, avec cette noblesse d'âme qui ne craint pas d'avouer une longue erreur, s'était rallié, dans les dernières années de sa vie, à la nécessité d'une classification; et nous devons bien regretter qu'il ne s'en soit pas sérieusement occupé lui-même, car celle qu'il a donnée pour la nombreuse famille des singes est un véritable chef-d'œuvre. Enfin, ses idées quant à l'influence qu'exercent la délicatesse et le développement relatif de chaque organe sur la nature des diverses espèces, resteront comme point fondamental de toute Histoire Naturelle; de même que ses idées sur la dégénération des animaux et sur les limites que les climats, les montagnes et les mers assignent à chaque espèce, sont de véritables découvertes qui se confirment chaque jour, et qui ont donné aux recherches des voyageurs une base fixe, dont elles manquaient auparavant.

Comme Linné, Buffon savoura longtemps la gloire, qui lui était peut-être plus nécessaire, car il vivait dans tout le faste d'un grand seigneur. On dit même que, pour écrire ses ouvrages, il avait soin de revêtir d'abord ses habits les plus somptueux, comme si la solennité de son costume devait communiquer à son style plus de splendeur. Ce qu'il y a de sûr, c'est que sa conversation était presque vulgaire et négligée. Quoi qu'il en soit, Buffon reçut de plusieurs souverains étrangers et notamment de Frédéric-le-Grand, roi de Prusse, et de Catherine II, impératrice de Russie, les témoignages de la considération la plus élevée; il vit, sous Louis XV, sa terre patrimoniale érigée en comté, et sous Louis XVI, sa statue de marbre placée à l'entrée du cabinet du roi. Etranger aux cabales qui, au-dessous de lui, agitèrent la littérature et l'Etat, il ne répondit jamais aux critiques obscurs qui essayèrent vainement de gâter sa vie tranquille et douce. Et il en devait être ainsi; car, comme naturaliste même, Buffon sera toujours une de nos plus hautes sommités scientifiques; et comme écrivain, s'il n'a tracé qu'une des grandes pages de l'Histoire Naturelle, cette page du moins, qui resplendit d'un style magique et pur, sera toujours un des plus beaux monuments de la langue française.

Pour nous, ce qui dans Buffon nous étonne et nous afflige, c'est qu'à cette âme d'élite ait manqué peut-être la chaleur si suave du sentiment religieux; c'est qu'au milieu des merveilles de cette Création, qu'il analysait et qu'il sentait si bien; au milieu des dons et des bienfaits du Créateur, dont il tenait lui-même une si belle part, sa reconnaissance ait pu rester muette, et que son admiration même soit toujours froide, métrique et sans élan. Peut-être aussi ce silence étrange peut-il s'expliquer par une faiblesse : Buffon aimait à l'excès sa renommée; il craignit de la compromettre auprès des *esprits forts* de son temps qui, voyant Dieu dignement honoré dans ses œuvres, eussent alors aiguisé leur critique contre le *croyant*, et changé leurs éloges en dédains.

www.ingramcontent.com/pod-product-compliance
Lightning Source LLC
LaVergne TN
LVHW052041160826
845678LV00003B/1464

9782329627236